푸른
시인선
024

하늘물고기

구명자 시집

푸른시인선 024

하늘물고기

초판 1쇄 인쇄 · 2021년 8월 6일
초판 1쇄 발행 · 2021년 8월 16일

지은이 · 구명자
펴낸이 · 김화정
펴낸곳 · 푸른생각

편집 · 지순이 | 교정 · 김수란, 노현정 | 마케팅 · 한정규
등록 · 제2019－000161호
주소 · 서울시 마포구 토정로 222, 402호(신수동, 한국출판콘텐츠센터)
대표전화 · 031) 955－9111(2) | 팩시밀리 · 031) 955－9114
이메일 · prun21c@hanmail.net
홈페이지 · http://www.prun21c.com

ISBN 978-89-91918-19-1 03810
값 10,500원

울산광역시 | 울산문화재단 ULSAN ARTS AND CULTURE FOUNDATION
이 책은 울산문화재단의 '2021 전문예술인 지원사업'의 일환으로 발간되었습니다.

하늘물고기

| 시인의 말 |

봄꽃이 지천이다
마음 한쪽이 환해지거나 먹먹해지는 것은
저 꽃잎들 때문이다

계절을 흔드는 바람 소리와 그리움의 힘으로 시집 한 채 지었다
재료가 되어준 모든 사물이 고맙고
기꺼이 구들장이 되어준 이웃들이 고맙다

수많은 시집 갈피 속에서
하늘물고기란 이름을 달고 씩씩하게
날아오르길…

2021년 5월
구명자

| 차례 |

제1부

제2부

| 차례 |

제3부

제4부

제 1 부

녹슨 자전거

내가 동그랗게 아버지라 부르면 나는 당신의 캄캄한 달팽이관 속으로 굴러들어가요 쇠별꽃 쇠똥구리 지천이던 당신의 첫 동네 바람을 밀고 굴렁쇠를 굴리던 소년이 희멀건 낮달과 공전하는 시절이어요 달과의 공전은 쇠무릎을 닮은 종아리가 쓸리고 새살이 돋는 일이에요 수만 갈래 굴렁쇠를 넘어뜨리고 일어났으나 길은 쇠똥구리 속이에요 풀밭에서 당신이 낮달과 함께 녹슬어가요 당신이 굴려야 할 두 개의 고무바퀴는 또 얼마나 경이로웠나요 당신에겐 아홉 식구 꼬리가 달린 바퀴를 심장처럼 굴려야 해요 새벽마다 등짐을 지고 여우고갯마루 넘는 아버지 할머니의 삼십 촉 전등은 날마다 까무러치고요 만신창이로 돌아오는 그 붉은 저녁 쓰라린 빗살무늬를 기억해요 그날 두 개의 바퀴는 밤새 헛돌기만 하고 나는 쇠똥구리가 되고 싶었어요 길 없는 길을 만들어야 하는 호모사피엔스 삶은 왜 중심으로 나아가지 않고 가장자리에서 헛돌기만 하나요 수만 킬로 완주를 끝낸 당신의 쇠무릎 나의 중심에서 돌고 있어요 녹슨 두 개의 바퀴살이 돌고 있어요

시, 너에겐

너에겐 무슨 근사한 영혼이라도 들어 있다는 걸까 덫을 놔두고 너의 냄새를 엿보는 난 시의 사냥꾼, 올무에 걸리기라도 하면 잽싸게 현미경 렌즈를 들이대야 해 그러나 허기는 망망한 관념뿐 너는 머리카락 풀어헤친 메타포를 먹이로 산다는 것 그것도 귀신 시 나락 까먹는 소리 내 속과 겉을 훨훨 날아다니는 너와 난 몬스터 게임 중 엄지 손톱 세워 형체도 없는 너를 잡아들이는 일 암호는 정신만 혼미하게 파먹고 오래된 도서관 행간을 탈탈 털기라도 하면 긴장한 책갈피가 내 붉은 피를 원하지 고대로부터의 원조 시, 귀신들아 무슨 근사한 것이라도 들어 있다는 걸까 충혈된 눈동자를 젯밥으로 받쳐야 해 시 나락 까먹는 무덤으로 너를 잡아넣어야 해 사냥꾼 무덤에서 희디흰 연기가 솟아날 때까지 활활 불을 지펴야 한다는 것 너는 나에게서 태어난다는 것 시, 귀신아 마지막 흰 연기로 부활되는 너를 잡아 바람에 훨훨 날려주고 싶은 거지

비누꽃

무지개를 쫓는 비누꽃이 있다
향을 섞어 물감을 들인 진짜 같은 가짜 꽃
미혹의 촉은 있으나 향과 색만으로 치장한 꽃
바람에 햇살에 흔들려 피지 않으려는
오직 꽃만 되고 싶은 무지개
그래서 꽃잎들은 꽃잎들끼리 꽉 붙어 떨어질 줄 모르고
처음부터 가짜이어서 사랑은 곱게 발효되지 않는다

꽃은 애초부터 목마름을 죽였다
빗물이 닿기라도 하면 치명적이므로
꽃은 오직 제조된 향과 화려한 색감만으로 견딜 뿐
그것에 날아드는 파리 떼의 향연
탯줄 자른 배꼽 아래
씨방도 씨받이도 만들어달라는 비누꽃
무지개 너머 그들만의 세상, 그들만의 축제가 벌어지고
있다

호덕 할매

곱게 단장하고
하늘공원 가신다
젖먹이 증손까지 거느리고
생전에 없는 코이노니아
굽은 등허리 칠성판에 쫙쫙 펴고
김밥 대신 캐딜락에 돌돌 말려 가신다
지린내 나는 병동 빠져나와 푸른 산길
휘저어 가신다
감자 밭고랑을 적시던 젖가슴 꼭꼭 싸매고
손사래 한번 없이 앞서 가신다
굽이굽이 곰삭은 추억일랑 바람에 햇살에
다 떼어주기로 했다
여든일곱을 버티다 가 닿을 곳
아직 마르지 않은 이별이 매캐한데
하늘공원 입구 벌써 마중 나온 그녀의 영혼이
그간 수고했노라 식은 제 어깨를 토닥거려준다
요양 병동 구름 한 점으로 떠 있다가
오동나무 캐리어에 실려 하늘공원 입장하신다

서럽게 우는 매미 떼 떼어놓고
씩씩하게 홀로 트랩을 오르신다

소금 호수

내가 웅덩이에서 미역을 감는 동안 아버지 푸성귀를 감아올려요
푸성귀는 아버지의 땀구멍 땀구멍은 점점 크고 넓어져 소금 호수가 되어요
나는 그곳에서 벌겋게 익은 아버지 등줄기를 타고 국어책을 읽어요
소나기는 오지 않고 소년이 내 이마에 우박 같은 여드름을 달아주어요
아버지 땀구멍을 먹은 내가 소금 기둥으로 자라나요
아버지 등골에서도 짜디짠 혹이 자라나요
혹들이 뼛속을 다 채우는 동안 아버지가 훼손되어가요
가랑잎 푹푹 쌓이는 당신의 집 오래된 아버지를 틀자
싸락눈 내린다는 기별이 들려요
참새가 언 발을 동동거릴 거예요
먼 곳의 할머니도 언 손으로 맷돌을 돌릴 거예요
잘게 부수어지는 눈가루 부뚜막에서 모락모락 순두부로 피어나요
간수 잘 밴 창문으로 나는 아버지 살비듬을 털어내요

아버지 훨훨 날아 소금꽃이 되고 눈물이 되어요

당신 없는 호숫가 노란 들국화가 숨 절이고 있을 거예요

보라색 꽃잎

얇게 저민 낮달 아래 제비꽃 피네
엄마가 좋아하는 보라색 꽃잎이네
매서운 봄바람쯤이야 사뿐 홑꽃잎에 받치고

넓은 여울
엄마는 보라색 꽃잎을 좋아했네
그 빛 울타리에 번지면 어린 닭들 무럭무럭
자유를 쪼았고 김칫국 밴 들창 너머
제비꽃도 수북수북 피어났네

벌건 볼거리에 발목 베이고도
꽃은 잘려나가지 않았네
엄마의 보라색 나일론 이불 속에서
풀쩍이며 생육하고 번성하였을 뿐

얇게 저민 낮달 아래 제비꽃 피네
엄마가 좋아하는 보라색 꽃잎이네

나는 쪼그리고 앉아 그 빛 오래오래 들여다보네

빈 벌판 홀로 울다 질 엄마를 들여다보네

봄 1

양지바른 곳

쑥대머리 여자가 쑥 쑥 쑥을 베고 있다

겨우내 질긴 우울질만 삼켜온 여자

연어 떼를 찾는 회색 곰을 본다

잘 벼린 손톱 날에 햇살 번뜩이고

쓰윽 쓱 베어진 목덜미 초록 핏방울 튄다

누렁 길고양이 페로몬 흘린다

첨벙첨벙 들녘을 누비는 여자

봄이면 초록 피 마시는 뱀파이어가 된다

등

등을 생각하네

손금같이 환하게 들여다볼 수 없는
내 안타까운 뒤편을

엄마의 늙은 등을 생각하네

세상 꼿꼿이 살라고
세상 더러 구부릴 줄도 알라고
내 뒤편을 후려치던 엄마

이 밤

자식들 뒤편만을 껴안고
구부려 잠들었을 우리 엄마

초승달로 뜨네

워킹 맨*

물과 피 다 쏟아낸 미이라 하나
조간지 속을 걸어 나온다

고운 모양도 고운 풍채도 없는 해골의 실루엣
초현실주의 폐허를 걸어 나온 맨발이 뜨겁다

또 어디로 가야 하나
부릅뜬 두 눈 허공마저 걷는다

그를 가두던 살덩이
그를 가두던 폐허를 지나

그가 걷는다
관절을 울리는 쇳소리 마른 뼈가 살아난다

걷다 잠든 그의 아버지 가난한 무덤에 꽃이 핀다

(P.S 어디로 가야 하는지 그리고 그 끝이 어디인지 알 수 없지만 그러나 나는 걸어야만 한다. 1960. 워킹 맨)

* 조각가 알베르토 자코메티(1901~1966)의 작품.

입들, 단풍 들다

성안동 함월로, 떨어진 입들 한 장 한 장 싣고
마을버스 은행나무 가로수 길을 헤엄쳐 갑니다
길은 유유한 강줄기 우체국 앞 강기슭 거슬러 오르자
풍랑이 거세어집니다

노랗게 물든 경로 좌석 칸 할머니 할아버지
일제강점기 거쳐 육이오를 헤엄쳐 나왔을
노령의 뿌리 막말 시비 가속 페달 중이십니다

할아버지가 할머니 몸을 치댄 것이 화근이었습니다
수천 볼트 바싹 마른 수문을 열어젖히고
욕지도 줄 줄 줄 풀려나오십니다

"시베리아십장생개나리식빵수박씨발라먹어"

찐한 싸이*의 랩까지 읊어대십니다
외설로 달아오른 마을버스
차창 밖으로 벌레 먹은 입 한 장 한 장 떨어뜨립니다

강기슭, 붉어집니다

마지막 비상인지도 모를 싸이
은행나무 속으로 비틀비틀 날아갑니다

찢겨진 날개 햇살에 걸려 펄럭이고 있습니다

* 가수 겸 래퍼로 2012년 〈강남스타일〉을 불러 빌보드 차트 2위에 오름.

새들은

허리 수술 후 허공에서만 사는 아버지
직립의 기억은 잊었다

뒤집힌 사막거북이처럼 허우적거릴 뿐
차라리 껍데기 벗고 새가 되고 싶었다

해종일 창가를 맴도는 새 떼
아버지에게 나는 법을 가르쳐주었다

밥을 줄이고 근육을 줄이고 말수를 줄이고
아버지는 겨드랑이가 가렵다고 말했다

가랑잎처럼 가벼워져간 아버지
눈치 빠른 새 떼 아.버.지 목청을 떠메고 갔다

질기고 질긴 껍데기만 놔두고

폭염주의보

푸른 요양 병동엔 달팽이가 산다
제 것이라곤 삭은 집 한 채가 전부
점액 잃어버린 더듬이
서로 닿기만 해도 풀 물든 기억 분사된다
기억은 씹을수록 비린 것
병동은 늘 비리다

창가에 달팽이 하나
풀밭 이슬을 밀던 연체의 기억 더듬는다
돌아갈 수 없는 그곳 휠체어에 꽁꽁 묶여
마지막 눈물 같은 수액 아득한 시절로 떨어진다
밤새 달을 지고 골목길 달려오면
길은 아침 햇살이 되었다
제 몸이 집이고 제 집이 무덤이 되는 요양 병동
생전에 푸른 것 다 게워내고 누렇게 수액 넘기는 달팽이
서서히 무덤이 되고 있다

백 년 만에 찾아온 폭염이 주의보로 끓고 있다

그들만의 오후

가스 배관을 타고 싱싱하게 올라가던 아파트
수십 년을 더 버티지 못하고 쇳물에 흘러내린다
여기저기 염증을 짜낸 오후
두터운 더께로 붙어 있다

한때 아귀가 잘 맞던 창살
우울은 석순처럼 자라나고
잦은 이삿짐으로 헐거워진 현관
열쇠를 목에 건 아이들 함성이
중국집 배달 스티커에 붙어 있다

갈 곳 잃은 책 더미
베란다 한쪽에 누워 더부살이 중이다
선반 가득 버려진 그들의 시간
부식된 냄비 안에 그리움으로 부풀고

바퀴벌레 하나쯤 싱크대 밑을
서로 오고 가던 곳

남은 노인들이 청국장을 끓이는
그들만의 오후가 서쪽으로 흘러가고 있다

주상절리*

읍천 바닷가 주상절리는 부챗살로 누워 있다
불의 고리 신생대를 살아온 파노라마
어느 행성에 가 닿을 거리만큼 아득한 시간을 베고 누워 있다

거친 돌의 결에서 한 남자를 그려 넣는 파도
오촌 당숙은 곰보였다
빗발치는 포탄의 늪 월남전에서도 살아남았다 했다
그 몫으로 세탁소를 차리고 숭숭 뚫린 바람 자국 다림질했으나
빚보증에 침몰했다 요동치는 당숙의 바다

마장동** 소장수로 새벽을 헤엄치다 풍이 들었다 했다
짜디짠 혓바늘 속의 화산암 덩이 멀리서
숭숭 뚫린 바람 자국마다 흰 거품 게워내고 있다

그렇게 솟구쳐 오르는 당숙의 바다 젖은 몸 우뚝 세우고

마장동 골목 끝
칠순의 저울을 달며 핏빛 고깃덩이 썰고 있다

신생대를 누운 주상절리 중력의 시간 버티고 있다

* 경북 경주시 양남면 읍천리.
** 서울 성동구 마장동 축산물 시장.

빗자루

삼십 년도 더 된 갈대 빗자루 현관에 걸려 있네
흙먼지 묻혀 돌아오는 발자국
부어오른 발잔등까지
싹싹 쓸어주던 그런 빗자루는 걸려 있네
시아버지 허옇게 닳아 걸려 있네
돌잡이 데리고 시댁 앞마당 밟던 날
흙바닥에 아이를 내려놓으라 호통치셨네
차마 고 여린 발바닥 흙을 묻힐 수 없어
문밖으로 며느리 쓸어버릴 기세였네 시아버지는
이튿날 가을볕 깔고 앉아 갈대 빗자루 몇 개 엮어
'아가, 나쁜 귀신은 싹싹 쓸어뿔고 부자만 되거라잉'
그 인연 데면데면 비질하며 사는 동안
네댓 번도 내 현관을 밟지 못했네 시아버지는
유리 조각 돌부리에 발 베일까
아마빛 머릿결같이 골목길 열어주던 빗자루
내 깊은 지층 쓸며 이명으로 살고 있네

제2부

유월

— 밤꽃

초여름 긴 허리가 뽀얗게 거미줄 치는 곳
씁쓸하다는 말은 밤꽃이 네게 준 형용사
배란의 때 너는 밤꽃 냄새를 부끄러워했다
낡은 기와지붕 밤꽃이 몸을 던지면
옥빛 비녀 풀어헤친 할머니 초저녁달로 뜬다
세월을 흡입하는 네 기억의 우물엔
바늘귀 대신 지팡이만 한 초저녁을 깔고 앉은 할머니
그 흔한 별사탕조차 사드린 적 없어
네 빈 자궁에 한 줄 바람이 지나간다
파동을 일으키는 물비린내
유월 긴 햇살에 찔려 눈곱이 자주 끼던 초승달
기와지붕 밤꽃 떨어지듯 머나먼 길 홀로 가시었다
밤나무 숲에 별이 뜨면 기포처럼 올라오는 배란의 향기
네 기억의 뭇 별들을 삼킨 블랙홀
밤꽃은 씁쓸하다

치통이 있는 겨울

지독스레 사랑니를 앓았다 어둡고 깊숙한 곳 닿지 않은 사랑이 퉁퉁 부어 있었다 영원한 것은 없다며 통증으로 매달리는 이별 눈에서 눈이 내리다 사방이 흐리다

내 젖니를 묻은 기지촌엔 겨울 초입부터 눈이 쌓여 고름처럼 녹아 흐르다 빙판이 되는 그런 길 위에 언니들이 살았다 달빛같이 살았다 시린 어금니 사이로 껌을 질겅거리며 미군들을 껴안고 어둑한 셋방을 들락거렸다

삼팔선 넘어온 아버지들은 단물 빠진 껌을 밟고 미군 하우스 보이로 출근했다 군용담요 펄럭이는 골목엔 젖니 빠진 아이들이 우글거렸다 해가 빠지면 눈길에 뽀드득 이빨 자국을 내고 연탄불 아랫목으로 기어들어갔다

외풍이 심한 윗목엔 눈사람 같은 아버지가 앉아 있었다 내 젖니를 뽑아 까치밥으로 던져주던 눈사람 겨울 뒷동산은 허전한 잇속 같았다 한밤엔 치통을 앓는 늙은 소나무 신음을 들었다 함석지붕도 밤새 턱관절을 부딪치며 울었

다 지붕 꼭대기 우글거렸을 우리들의 젖니 다 어디로 갔을까

통증 같은 사랑의 끝 고요한 폭설을 듣는다 내 몸에서 내가 점점 고립되어가는 소리를 듣는다

간절곶

삶이 간절해지면 새들은 그곳에서 날아오르지

날개 없이 산 걸음 더 가고 싶어도

더 밟을 땅이 없는 바다 그리고 절벽

파도를 움켜쥔 여인

천년의 기다림이 망부석으로 피어나네

한 땀 한 땀 달빛으로 수놓은 버선발

풀섶에 고이 벗어두고 모녀의 세 옷고름

새벽 물안개 젖어드네

그립고 그리운 당신 그곳에서 잘 있나요?

오늘도 젖은 안부 베어 문 간절곶

망부의 새들은 땅 끝을 날아오르지

초파리

식탁 위 바나나가 유체 이탈을 꿈꾸고 있다
검버섯으로 뒤덮은 침묵 덩이
죽음에 다가갈수록 단내는 초절정
제 이름 안에서 빠져나오려는 생의 경계
마지막 고향 햇살을 그리는 눈물이야 왜 없겠는가
나는 기꺼이 네 살을 찢고 태어나
버려지고 썩어가는 껍데기를 애도한다
초개와 같은 목숨 곧 죽어도 후회는 없어
또 다른 나를 살리고 돌아가는 유체이탈을 본다
신성한 곳
어쩌다 나는 그들의 제를 올리는가

멀리 목주름 깊은 여인의 뜰에 장이 익어간다
계절은 후끈한 풀 무덤을 만들고
나는 채송화 꽃씨처럼 또다시 태어나
그곳 여인의 단내를 축복할 것이다

봄 2

사월이 되면 수백 마리 애벌레를 삼킨 바다
잔혹한 전설을 말한다

맹골수로 물 벽에 갇힌 절규 하나하나 잊을 수 없어
땅 위엔 민들레 홀씨 몇 번이나 피고 지는데
소풍길 그대로 수장되고 만 애벌레

— 엄마, 날아오르기엔 내 몸이 너무 무거워요

또 하나의 바다 노란 리본의 바다가 타들어간다
저 염원들 얼마나 더 올올이 타들어가야 하는지

무정한 세월 뭍으로 기어 나와 꺼억 꺽 숨을 쉬는데
돌아오지 않는 애벌레 어디서 숨을 쉬는지

혹여
보소서
봄 하늘 노랗게 나비가 날거든
당신의 아들딸인가 하소서

빈방

이십 년 지기 벤자민이 사라졌다
빈방만 남아 햇살을 퍼 담는다

한때 벅찬 허벅지로 계절을 서 있었으나
마른 비듬만 날리는 여기저기 뻗은
가지들의 수다가 뒤틀리기 시작했다
거친 숨결에 산소 호흡기를 달아주었으나
죽음을 나보다 먼저 알았는지
까맣게 호흡을 삭히는 뿌리
햇살 쪼아 먹던 이파리도 밤이면
정든 그늘 지우고 몸을 던졌다

더 이상 방치함은 도리가 아니어서
가만가만 늙은 수피 껴안고 흙으로부터 떼어냈다
제 집에서 영영 분리되는 벤자민
오래오래 몸을 섞어온 햇살 그늘 바람이 지워지는 것을
보았다
흙이 지켜온 생흙 밖으로 버리자 나무는 제 관조차 짜

지 못하고

비닐봉지 속 토막토막 뼛조각을 추려 담자

툭툭 불거져 나오는 관절이 서러웠다

그늘을 내다 버린 자리

누군가의 이름을 품었던 빈방이

외롭다

사랑이 가끔

거실 바닥에 행운목과 벤자민은 수십 년째 동거해요
차지도 뜨겁지도 않은 당신과 나 사이처럼

사 · 이는 차 · 이로 생겨난 물컹하고도 적막한 틈새를 가져요
틈새는 거미줄과 바람의 유충을 키워요

거실 바닥에서 당신과 나 화분처럼 놓여 있어요
허영기 많은 난 자주 잎사귀를 갈아입어야 해요

당신은 먼 이국땅 향해 행운을 늘려가지요
한때 사랑을 키우던 바닥이 부르트고 있어요

한 치의 틈도 허락지 않은 사랑 부르트고 있어요
틈새는 물컹하고도 적막한 권태를 키우나 봐요

오늘 그 권태를 옮겨볼까 해요

거기 당신과 나 서로 짓누른 멍 자국 보이나요

좀 더 밝은 쪽으로 권태를 옮겨볼까 해요
당신과 나 사이

한 줄기 빛이 발화해요
사랑이 가끔 화분 같아요

순옥이 언니

보도블록 틈으로 민들레가 노른노른 흔들리고 있다

독한 봄바람에 사정없이 머리채 잡히고도 노른노른 흔들리고만 있다

일찍이 어둠을 아는 것은 쉽게 꺾이지 않는다

애써 잘 견디고 있는 것이 문간방 순옥이 언니 같다

내 소꿉 속 흑인 병사가 두고 간 손때 묻은 인형 같다

그녀를 그 땅으로 부른 것은 독한 봄바람

노린내 나는 골목엔 순옥이 언니가 참 많이도 살았다

저마다 민들레 꽃잎 숨기고 모지락스럽게 살았다

그래서 봄이면 생살 같은 꽃잎 노랗게 곪고 있는 것이다

미나리꽝

가파르게 계단을 내려와 떠밀려온 사람들
길도 사람도 퉁퉁 불어 터져 있었으나
오수 속 미나리만큼은 씽씽하던 그곳

별이 돋는 그들의 창가에 88올림픽이 열리면
연탄아궁이 부엌에선 물방개(바퀴벌레)가 휙휙 날아다니고
해가 뜨면 칼을 찬 망토 아이들은 골목을 휙휙 날아다니고
어미들은 수돗가에 앉아 힘껏 냄비를 닦고
그런 틈새로 꾸역꾸역 민들레는 피어나고

날마다 그들만의 올림픽이 열리는 곳
사는 무대가 들창 크기만 하여서 기억하기 좋은

마을 이름이 미나리꽝이라 했다

구둣방 김 씨

나 어릴 적 뒷골은 피난민 동네라 불렀다
산비탈을 깎아 하꼬방*을 지어 그들은 살았다
담배 가게 옆 구둣방 김 씨도
산후풍 아내와 뇌성마비 딸을 거느리고 살았다

여기저기 못질하여도 허방 같은 벽
사철 검게 물들여 입은 군복 속이 붉은
아무리 광을 내어도 빛나지 않는 하꼬방

휘청휘청 문밖을 나오면
햇살에게 두고 온 고향 얘기 쏟아놓았다
낮달같이 서러운 얼굴로

오래전 손톱 밑 까맣게 무두질 끝내고도
밤이면 북녘 하늘 떠돌고 있을
구둣방 김 씨

* 판잣집의 비표준어.

그녀는 작은 새

거리에 은행잎 별 무더기로 흔들릴 때 그녀가 병실에 누워 있노라 전언이 울렸다 시장 모퉁이 좌판과 함께 시들시들한 그녀가 생각났다

작은 새처럼 누워 있는 그녀 여기저기 가을 무청처럼 박힌 울음을 눈물빛 링거액이 달래주고 있다

－자매님, 이렇게 맞고만 살면 어떡해요
－그이가 불쌍해서요

와삭! 한 입 베어 문 가을 무 소리 명치 쪽을 긋는다 싸움은 매양 그렇게 끝이 나고 마는 거다 수없이 그녀를 멈추게 하는 신호등 어느새 하얗게 뗏목을 밟고 그녀만의 하늘길 날고 있는 거다

며칠 뒤 소독수처럼 알싸한 바람 속에서 그녀의 반짝이는 날개를 보았다 알이 꽉 찬 배추 단이며 파랗게 부푼 쪽파 단이며 수전증 남편까지 그녀의 곤한 곱사등 너머로 퍼덕이고 있었다 날고 싶으나 날 수 없는 한 마리 작은 새

스티로폼 상자

쪽방촌 골목길 스티로폼 상자 하나 슬며시 빠져나간다 펄떡이는 심장 어느 문간에 다 부려놓고 수신자 없이 버려지는 몸

오랜 천식과 손 떨림으론 실 못 하나 박을 수 없다 쪽방을 드나들던 바람이 죽음을 부추겼을까 지팡이 같은 물음표 골목을 빠져나간다 일찍이 햇솜 같은 아내 눈밭에 묻어두고 난전을 떠돌던 남자 참새 두엇 키웠으나 제 날개만 불리고 날아들지 않는다 핏기 없는 살점 바람벽에 부딪쳐 떨어진다

그를 넘나드는 건 오직 외마디 신음뿐 빈 상자일수록 죽음은 무단으로 건너온다 돌아보면 네 귀퉁이 반듯했던 시절도 있었으리라 까무러치듯 굴러온 생이 차도 한복판에 가닿는다 끝내 차륜에 깔리고 마는 비명

신호등 낡은 귀를 후비고 산산이 부수어진다 거리에 싸락눈으로 날리는 스티로폼 몇백 년 썩지 않을 눈물이 그곳에 뿌려지고 있다

달 무덤

달 무덤 한 채 찾아 밤나무 동산 오른다
조팝꽃 환하게 산길 여는 곳
당신이 나와 함께 천렵을 다녀간 지도 꽤 오래
내 키를 덮던 가시덤불도 바위틈 가재도 사라진 지 오래

당신은 봉두난발 밤나무 그늘에 앉아
쑥이며 어린 망초 한껏 키우고
풀독처럼 그리움을 퍼트린다
묵은 달집 거둬내니
풀 비린내로 번지는 갈증

생전에 좋아하던 커피 한 잔 부어놓자
와락 달려드는 개미 떼
당신의 입술에 몇 방울 스밀 사이도 없이
밥상머리 그 많던 식솔들처럼 달려드는

무화과나무 골목

오래된 벽과 벽 사이

첫 번째 계절을 이끌고
흰 털 강아지 골목으로 들어간다
내 안의 봄까지 다 끌고 들어간다

골목은 아늑한 기억의 터널로 깊다
흰 털 강아지 여인에게 안긴다
나붓나붓 맴도는 가슴 봄 아지랑이 흔들린다
골목은 여인의 기다림으로 낡아간다
아이들 떠난 빈 담장
무화과나무 새파랗게 젖꼭지 물리고 서 있다

오래된 벽과 벽 사이

붉은 혁명과도 같은 표시 골목을 지우고 있다
비누 냄새로 휘발하는 대천목욕탕
라면 봉지 휘날리는 태양슈퍼 지나

파란 점집 쥐구멍을 기어오르는 줄제비꽃
스르르 제 몸의 독을 지우고 있다

흰 털 강아지 나붓나붓 맴도는 가슴
눈부셨던 기억의 터널 몇 개 더 무너지고 있다

그것은 청명한 이슬입니다

어머니 당신을 섭씨 1,000도의 불 속에 태우고도 고작 33도 열에 지친 나는 옥상에 올라와 발을 담그고 있습니다 이제야 바람이 된 당신 그곳은 시원한가요 이 땅에서 흘린 그 수많은 땀방울을 기억합니다 그것은 산 자의 몸에서 배어 나온 청명한 이슬입니다 이 저녁 느티나무가 다 젖도록 매미는 울고 또 웁니다 당신의 정수리에 그리 퍼붓던 빛 화살도 꺾이고 있습니다 바람이 된 당신 더없이 시원합니다 당신이 없는 이곳 난간에 기댄 호박꽃을 봅니다 노랗게 산 자의 빛을 달고 뿌리로부터 먼 잎들 수직을 기어오르고 있습니다 당신도 그리 살아오셨습니다 아푸카오족* 다랑이 논 같은 주름살 켜켜이 흘리던 땀방울 그것이 당신의 청명한 이슬이었음을 이 저녁 나는 잊지 않겠습니다

* 필리핀 바나우에 지역에 사는 원주민. 이천 년 전에 계단식 논을 만들어 오늘에 이름.

제3부

시오라기 한 줄

키 낮은 꽃들이 푸른 눈 뜨는 곳
발아래 실오라기 한 줄 꿈틀거리다

들여다보니 장렬하게 떠메고 가는
일개미의 행렬

그것이 무엇이관대 저들은 저들 더듬이에
저들은 내 안에 박혀오는 것인지

한참을 들여다보다
끝내 떠메고 오는 실오라기 한 줄
시오라기 한 줄…이라 고쳐 쓴다

등목

묵정밭 한 귀퉁이 채소를 심기로 하다 깊숙이 뿌리내린 잡초 호미로 거두어내니 후끈거리는 풀뿌리 붙잡고 개미 떼 하루살이 쥐며느리 식솔처럼 딸려 나오다 기둥을 뽑힌 흙더미 오랜 골다공증을 앓는 뼛속 폴폴 흙먼지 속에서도 굳은살은 또 박여 있어 마음 밖으로 층층 쌓여가는 돌무덤 발목이 저리고 나서야 고요로 차오르는 땅

땅은 씨앗들의 아늑한 자궁 봉긋이 북을 돋아 고추, 가지 모종을 열 맞추어 심다 여린 발목은 제 몫의 땅에서 수없이 발돋움할 것이다 땅은 그런 자의 것 이식된 발목 사이로 물을 축여주니 초여름 아버지 살 냄새가 나다 지독히 가뭄 들던 참외밭 떡잎으로 돌아온 아버지 등목이 보이다 엄마가 연신 바가지로 물세례를 주면 푸드덕 푸드덕 청 말이 되는 아버지 물먹은 푸른 눈썹이 야윈 등이 일렁일렁 찔레꽃 속에 갇히다 아버지 등목으로 푸르러가던 들녘이

오동나무

요세미티 세쿼이아는 뿌리와 뿌리가 엉켜 천년을
산다는데 너는 떨어져 홀로 뿌리를 내렸구나
네 발등 덮어오는 가시덤불 왜 없었을까
활활 타들어가는 목마름 왜 없었을까

둥지를 튼 겨울새 다 날려 보내고
오월이면 네 보라 꽃잎 보듬어 안은 사랑
너른 잎맥 따라가보면
벼락으로 잃은 어깨의 훈장이 있다

새가 떨어트린 날로부터 빛을 사냥한 너는
텅 비어 있는 곳 홀로 사람처럼 서서
야생으로 피워낸 그늘 흔들고 서서
오래된 사람처럼 살고 있구나

뻥튀기 행성

아날로그 마지막 화면이 뻥튀기 행성을 인터뷰해요
좇아오던 사월 꽃바람 활활 장작불을 지피고요
쌀알을 태운 뻥튀기 행성 힘껏 궤도를 돌아요

깡통 속에 누워 차례를 기다리는 씨앗들
사카린을 머금고 무중력 비행을 꿈꿔요

고도를 높이는 봄 하늘 파랗고요
타이머 빵빵하게 부푼 꿈을 수신하고요
재바르게 빼내는 장작불
무덤 같은 무중력일랑 날숨 얹어 빼주고요
사월 꽃바람 양털 구름 속으로 숨어요

뻥이야!
고슬고슬 흰 꽃밥들 지구 밖으로 쏟아져 나와요
화수분같이 쏟아져 나와요
해종일 뻥만 외치던 그이
식은 행성의 궤도를 벗어나자

육교 위 앉은뱅이 노숙인들 만발하고요
빈 깡통마다 지폐 한 장씩 놓고 가요

27인치 마지막 아날로그 화면에서 그가 롱샷으로 멀어
져가요

어머니의 시편

— 시편 78편 39절*

천 리 길 달려 어머니를 뵈었더니 담장에 노란 수세미꽃 걸어놓고 반깁니다 멀찍이 나를 반기는 또 한 사람 내 어린 날을 나보담도 더 많이 기억하는 느티나무 당신의 그리움처럼 무성합니다 그 빛 문을 여니 유리벽 아버지 꽁꽁 접은 관절을 폅니다 자박자박 온기가 흐르고 어머니 어깨에 밀린 잠이 무겁습니다 그 잠 속으로 복제된 내 손을 얹으니 네 손이 약손이다 합니다 수세미꽃 노랗게 졸고 있는 가을밤 어머니 무정한 시편이 별똥별처럼 스쳐갑니다

* 그들은 육체이며 가고 다시 돌아오지 못하는 바람임을 기억하셨음이라.

천일홍

— 천관녀*

계림 숲 월성에 말발굽 소리 들려오면
가야금 살포시 내려놓고 그대 마중합니다

말안장 높이 빛나는 황금 투구 받아 안고
그대 버선발 아래 난 천일홍으로 피어납니다

한 송이 초가의 꽃으로 태어나
어찌 궁중 꽃을 마주하겠습니까

사비성 향한 그대 높은 뜻 흔들리게 한 죄
차마 베어내지 못하고
당신의 애마가 대신 피울음 울었습니다

빈 절터 돌무더기로 누워 있는 내 사랑
천일홍으로 천년을 피고 집니다

* 김유신이 사랑했던 기생 신분의 여인.

네네츠* 이야기

툰드라 늑골을 떠도는 네네츠

순록도 사람도 그곳 설원을 닮은 네네츠

그들의 가슴엔 빙하가 흐르고

흐르지 않으면 유리벽이 되는 네네츠

어린 매머드 뼈가 수만 년 냉동으로 사는 네네츠

헬륨 가스 먹은 듯 비틀거리는 새들보다

시린 통증 잘라내고 순록을 지켜내는 네네츠

빙하를 닮은 아이들이 순록의 피를 마시는 네네츠

엄마의 무릎에서 용사가 되어가는 유목의 피

그들의 아버지는 초원을 꿈꾸는 매머드

빙하를 녹여 차를 끓이는 네네츠 엄마

지문이 닳도록 순록 가죽을 벗기고

춤**을 지켜내는 네네츠 엄마

타인의 삶이란 얼마나 거룩한 것인가

오방색 네네츠의 태양은 얼마나 찬란한 것인가

외계의 지문처럼 읽히는 사람들

인류의 마지막 시간을 꽉 붙잡고 사는 네네츠

* 러시아 야말반도 툰드라 지역의 유목민.
** 네네츠의 움막.

봄밤의 엘리제

누가 엘리제를 버렸나요 럭키아파트 분리수거함 엘리제는 홀로 울고 있어요— 니나니나니고릴라다 목청껏 놀리던 아이들도 토스트 굽는 상자 속으로 사라져요

한때 귀족이던 엘리제가 깔깔한 모래 위를 뒹굴어요 오늘도 당신의 봄은 불면 사람들은 상자 안에서 바다 말미잘 같아요

치렁치렁 난간에 아이비를 걸어놓던 시절이어요 어른보다 아이들이 더 많던 시절이어요 사내아이들은 우유 구멍에 엘리제를 던져놓고 어른들은 자동차에 매어달고 다녀요

늦은 저녁 분홍 원피스가 분홍 책가방을 깔고 앉아 모래를 파먹어요 모래가 더럽다니요? 엘리베이터 아이들은 매번 혼이 나요

달빛 크림치즈가 흘러나와요 키 큰 목련이 아이스크림

처럼 받아먹어요 쇠로 만든 그네 흐물흐물거려요 분홍 원피스가 앉아 있었거든요 웅웅거리는 봄바람 당신은 본 적 없지만 크게 들을 수 있어요 당신이 귓바퀴를 세우면

이 밤 호랑무늬 고양이가 모래를 던지고 싸우지 않기를 세상이 봄꽃처럼 슬퍼지지 않기를 아직도 엘리제는 울고 있어요 한때 귀족이던 멜로디가

—니나니나니고릴라다 밤이 맞도록 무한반복입니다

산으로 간 고래

언제부터 바다가 아닌 저 공중을 접수했을까
신석기 바위 속을 헤엄치는 혹등고래로부터
따끈한 풀빵고래까지 고래의 고래들로 북적이는 장생포
공중에 표류하는 풍선에 밀려 마을은 산으로 떠났네

바닷길 거슬러 올라간 고래마을
곱슬머리 다방 레지가 심심한 쌍화차를 끓여주네
흑백 시절이었네 단내로 부글거리던 문구점 앞
연탄 화덕은 가을 단풍을 끓이고 있네
백구도 지폐를 물고 다녔다는 골목길

늙은 포수는 포경선 놔두고 청춘을 팔고 있네
작살은 녹슬어 빈 바다 돌아오지 않는 아이들
마을 깊숙이 홀로 남은 두레박이
고래의 붉은 눈물을 길어 올리네

밍크고래 귀신고래 향고래 대왕범고래

흑백 시절을 헤엄쳐 산으로 간 고래들
제 족적 잊을까
이름표 달고 파도를 호명하네

오쉬비엥침*

그곳이 새 하늘 새 땅이었을까
자유를 우롱하는 말씀 위에 새가 앉아 운다
파랗게 별을 달고 온 사람들 척척 부려놓은 철로
마을 안쪽 녹슨 햇살에 휘어져 있다

별들의 격리된 골목을 걷는 동안
낱낱이 분해된 눈물이 내게 죄를 되묻는다

다시 누울 수 없는 회벽의 침실엔
거세당한 세 소년이 벽에만 걸려 있다
수십 년 뜬눈으로

그 누구도 스스로 풀 수 없는 생
독 비에 산발한 은발 더미가 절규한다

거기 짓밟힌 안경들아 너흰 무엇을 보았니
거기 하늘빛 꽃 접시론 무엇을 담아 먹은 것이냐
닳지도 않은 가죽 신발들아

너는 그곳에 무엇을 벗어놓았니

홀씨 하나로 새 하늘 새 땅 찾은 민들레
자신의 죄인 양 하얗게 씻어내리고 있다

* 아우슈비츠 수용소.

비장소
— 백화점

무위에도 심장 멎을 듯 통증이 있어
구름이라도 빌려 백화점 간다네
구름은 물방울의 허세
핑핑 스쳐가는 도시의 인터스텔라*
문을 열면
고객은 왕, 최상의 먹잇감
재바른 센서들 작동한다네
붙박이가 아닌 부유한다는 것
행운이라네 발뒤꿈치 세운 물방울
손톱에 박힌 마늘 냄새 에나멜에 숨기고
떠나온 시간도 떠나온 행성도
망각하는 인터스텔라
꽁지깃 한껏 펼친 마네킹의 외투
유리 부스 뚫고 빨간 물병자리 먹어치우네
은빛 마그네틱스 한 장으로 되살아난 관절
더 이상 식물인간이 아니라는 듯
산뜻한 구름 심장에 채우고
층층이 떠도는 별과 별 사이

호모 이코노미쿠스

무사히 귀환하네

* 인터스텔라(interstellar) : 행성 간의.

슬픈 인상화*

— 소녀상

사막 모래바람이 세차게 불고 나서야 찔레는 신부의 꽃처럼 피어났다

그곳에서 마주한 딱 그만큼만 찬란했던 내 볼 빨간 사춘기

하필이면 나였을까 수없이 뒤척이던 창가

가시로 박힌 불면의 밤이 노랗게 곪아 있다

나는 달의 뒤편 위안부로 던져진 꽃

꽃잎에서 군화 자국 몽고반점으로 피어난다

어미 없이 눈뜨는 아침마다 나는 소스라쳤다

돌과 돌 사이 으깨지던 꽃잎이었으므로

안녕, 아이치트리엔날레**

죄 없이 표류하는 내 맨발을 보았나요

혼을 껴안고 훨훨 나는 내 어깨 위 노란 새를 보았나요

바다 건너 사슬처럼 끌고 온 나의 빈 의자

한 구절 한마디 사과를 위해 비워둘게요

단발머리 곱게 윤을 내었으나 오지 않는 평안

역사는 내 볼 빨간 사춘기에 돌을 던져요

안녕, 아이치트리엔날레
나는 몽골 사막 모래바람으로부터 풍화된 찔레꽃입니다
가장 찬란한 시절로부터 눈부시게 풍화된 슬픈 인상화
입니다

* 정지용 시 제목에서 인용.
** 2019년 8월 1일부터 10월 14일까지 일본 나고야 아이치현에서
열린 국제 예술제.

하늘물고기

바람벽 꽉 붙잡고 펄떡이는 현수막
'하늘물고기 작업장'이라 읽는다
뭍으로 나온 참돌고래 젖은 등 말리고 있다
낡은 소파 꾸덕꾸덕 해를 뒤집는 사이
거칠게 토해내는 파도
흥건하게 파도를 깨운 건 펭귄 닮은 작업반장

'하늘물고기 작업장'을 열자 물비린내 풍겨 나온다
작업장은 아직 소화되지 않은 밥알로 떠 있는데
옆 눈의 어린 가자미 퉁퉁 불은 작업대 위 헤엄쳐 간다
토핑을 얹은 피자 한 판에 바삭한 튀김 닭을 얹은
전단지 뭉치 만선이다

지상으로의 세계 그물에 걸린 지느러미 끝이 아리다
뒤틀린 꼬리뼈에 힘을 실어보지만 기울기 다른 몸
감겨오는 옆 눈 데리고 동해 먼 하늘 헤엄쳐 간다

물 밖 늘 젖어 있는 어미들의 발목

바다 밑만 하게 스며들 때쯤

수족관이 열리고 사방으로 튀는 물보라

출렁이는 마을버스가 어린 가자미를 물고 사라진다

사방을 살피던 참돌고래 물 없는 길 헤엄쳐 가고 있다

검은 자화상

— 캐터 콜비츠*

당신이 살아온 흑백의 시간을 읽는다
검은 머리 다 삭아 내리도록 당신은 당신의
탯줄을 내려놓지 못한다
그런 당신을 읽는 동안
석탄 컨베이어 벨트에 끼어
숨진 청년의 어미를 생각한다
풋풋한 별 하나 차디찬 허공 속으로 박힌다
온기 줄 수 없는 두 날개
눈밭에 쓰러져 우는 자작나무였다
눈물 태워 목탄이 된 어미
발그레한 뺨도 사치여서 해를 가리고 꽃을 가리고
검은 눈물 찍어 침실을 밝힌다
널브러진 빈곤과 탯줄로 당신은 식탁을 차린다
활활 타오르는 목탄화
자작나무 숲 그을린 저녁을 알린다
결코 아름답지 않은 당신 네안데르탈인
검은 자궁이 따스하다
봄을 기다리는 눈밭

당신은 재가 되어 뿌려진다

* 캐터 콜비츠(1867~1945) : 사회적 약자를 변호한 19~20세기 독일 출생의 여류 판화가 및 조각가.

탱자나무

감나무 밭

탱자나무 울타리

시퍼렇게 가시 세우고

'천상천하 유아독존'

온 정신이 가시뿐이고

온 그늘이 가시뿐인

그의 영역

제 열매도 비켜 떨어질 줄 안다

제 4 부

대왕 곰장어

옥골시장 대왕 곰장어 수족관을 가득 채운 저 유연한 몸짓은 이브의 발뒤꿈치를 물고 달아난 생물을 닮아 혐오스럽지만 한 몸인 듯 껴안고 뒤엉켜 있는 것이 날카로운 습성을 접고 고립의 창에서 흐느적이는 것이 때론 홍등가 여인들처럼 요염하기까지 하다 먹구름 사이로 낮달마저 흐느적이는 오후 낮잠 대신 곱슬머리 아들과 화투판을 펼친 주인 할매 철 지난 매화 꽃잎이 군용 담요 위에서 붉다 붉은 그런 시절이 있었는가 부어오른 손목으로 화투짝을 내리치자 패가 잘 붙는지 아들은 모하비 사막 풀숲을 기어가는 방울뱀 소리를 내는 것 태평양 연안을 누비고 포로처럼 잡혀 온 곰장어 떼 저 미끄덩거리는 맨살을 처음 잡던 날 할매의 뼈는 다 녹아내렸을 것이다 긴 목을 눌러도 맹렬히 손등을 휘감아 오르던 놈들 향해 '돈이다, 돈이다' 피 묻은 주문을 외웠을 터 그리하여 얼마나 많은 놈들이 허물을 벗고 죽어갔는지 천둥번개 맞은 듯 저려오는 등허리 우두둑 펴자 요란하게 쏟아지는 빗방울 수족관을 나와 화투판을 접는 대왕 곰장어 빠져나간 세월이 손 안에서 눅눅하다

성남동 숙자 씨

성남동 사거리 정오를 알리는 시계탑
기차가 울거나 말거나
빌딩과 빌딩 사이 떠다니는 숙자 씨

오늘도 유목의 딸이다
옥죄이던 힘줄 느슨하게 풀고
어쩌다 기억장치는 날아갔는지
좀처럼 만나지지 않는 어제의 나

유목의 뿌리 단단한 구릿빛이 돈다
마디마디 간이역 떠돌아도 리셋되지 않는 그녀

그녀는 가볍다
멀리 빌딩 난간에 날아 앉은 새
도무지 알 수 없는 식욕
식은 밥덩이 꾸역꾸역 쑤셔 넣는다

빵빵해진 숙자 씨

태엽을 풀며 기차는 또 기적을 울린다

부르튼 발가락에 울음주머니 달고

시계탑 사거리 순환하고 있는

김치가 미쳤어

벌판에 쪼그리고 앉아 칼바람에도 헤프게 굴지 않았어 속이 꽉 차야 한다고 흔하디흔한 떡잎의 말씀 가슴에 품고 살았어 산 그림자 안고 부풀어가는 배 탯줄을 잘랐어 노랗게 익은 꿈 날것은 꽃이 될 수 없어 뭉근하게 젓갈의 때를 기다려 붉게 꽃이 된 너 밀실로의 봉인 그러나 아직 당도하지 않은 때를 헐었나 봐 너를 맛보는 순간 이 맛도 저 맛도 아닌 것이 혀끝을 돌았어

오. 오 네가 미친 것이라 했어 톡 쏘아야 할 너의 때가 아직 이르지 않았으므로 오래전 골목 유기견처럼 떠도는 여자가 있었어 누덕누덕 배춧잎 몇 장 걸치고 미처 발효의 강을 건너지 못한 여자아이들은 산발한 머리카락을 붙잡고 따라다녔어 우울이 다 익기도 전에 항아리를 뛰쳐나온 여자 톡 쏘는 발효의 강을 건넜더라면 그때 그 여자의 맛이 혀끝을 돌았어

흔들리는 세계

땅 밑을 찢는 공룡 울음소리
빛의 속도로 뇌관을 뚫는다
쩍쩍 갈라지는 뿌리들의 공포
우주를 뒤흔들기 시작한다

아득한 별이 떨어지고
더 이상 직립은 어려워 입안에 갇혀버린 말들
펄펄 끓는 공룡의 거센 몸부림
씹고 뜯고 맛보던* 어제의 일들이 가물가물하다
바람으로 삭아내리는 나이테

하늘과 땅이 퉁퉁 부어간다
눌린 혀가 위태롭다

엑소시즘으로 흔들리는 가구의 세계
식탁 아래로 다급하게 몸을 숨기던
그날 규모 8의 강진이 내 몸을 뚫고 지나갔다
여진은 그 후로도 계속되고

* 잇몸 약 광고 문구.

옥비녀

할머니 유품 옥비녀를 꺼내본다 큰 키에 큰 눈을 가진 꼬부랑 할머니 일찍이 기역 자로 걸었다 팔 남매를 두었으나 6 · 25동란으로 본 적 없는 삼촌들 아버지는 독자가 되었으므로 할머니는 집안 구석구석 귀신들을 불러 모아 밥을 주고 무병장수를 빌었다

아버지는 무심했다 할머니도 수다스럽지 않았다 사철 쿨럭이던 기침만 수다스러웠을 뿐 살구빛 해가 사랑방에 스며들면 참빗으로 곱게 빗어 쪽을 찌던 할머니 저녁엔 대청에서 엄마와 다듬이질을 했다

콧물 수건 달고 지팡이 쥔 할머니와 입학하는 날 아버지가 양말 짜는 기계를 들여놓았다 오래지 않아 착한 아버지 빚만 더 들여놓고 나일론 실뭉치는 우리들 스웨터가 되고 기계처럼 녹슬어가는 할머니의 근심 오랫동안 앞마당을 뒹굴었다

산 밑 봄은 길다 밤마다 요란한 꿈을 꾸고 우리는 자랐

다 1975년 대추나무에 매미가 울고 풍으로 쓰러진 할아버지 꽃상여를 보았다 시중들 일 없어진 할머니 휑한 문간에 앉아 우리를 마중했으나 아버지도 우리도 무심했다

1977년 겨울 초입 진눈깨비 흩뿌리더니 할머니 부고를 들었다 영영 문간에 마중 나올 일 없는 곱게 쪽 찔 일 없는 옥비녀 이승에 풀어놓고 밤나무 동산 묻히었다

그때의 이방인

종로구 사직공원엔 피 끓는 장미가 피었으나
광화문 가로수도 아침 안개에 수없이 눈물 쏟았으나
저만치 돌아서서 시절을 외면하던 내 꽃무늬 원피스

새파란 청년들 최루가스에 온 관절 적시었으나
저항하는 소리 듣고 보았으나
밤새 쉬쉬하던 장미 가시의 일기

계절이 핏물 드는지도 모르고
가장자리만 배회하던 내 청춘
이제는 그 자리 노랗게 촛불로 밝혀놓았으나

빛 대신 탄환의 흔적으로 우거지는 망월
슬며시 감은 눈 떠보는 그때의 이방인

천상병* 시인

잘 빚은 술 한 모금이 좋아
새와 하늘과 하나님이 좋아
날마다 소풍 나온 길

수락산 처마 밑 새똥 같은 시
잔뜩 배설해놓고
파랑새는 왔다 갔다

단지 태어나 걸었을 뿐인데
파도가 쓰러트린 청춘
죄업인 양 걸머지고

피리 불며 피리 불며
땟국 흐르는 어린아이로
되돌아가고파

그렇게 살게 하신 하나님
고마워서 서둘러 올라간 하늘

* 천상병(1930~1993) : 대표작으로 「귀천」이 있다.

호박꽃

아이들 떠나고 홀로 고향집 지키는 엄마
그 옛날 호박처럼 매달려 있던 아이들
다 어디 가고 나 홀로 남았느냐 눈물바람이다

늙은 호박 돌아앉은 엉덩이 멍들까
막냇사위 새소리 들리는 마당 한쪽 텃밭을 만들었다

경칩부터 흙을 깔고 앉아 보드라워진 엉덩이
엄마의 가슴에 호박꽃 다시 피는 것이다
멀리서도 빛을 내는 엄마의 호롱불

동백아가씨 흥얼흥얼 양말을 깁고 이불 홑청
하얗게 다듬던 그때 그 불빛 어룽어룽 피고 있다

심어진 곳 어디서나 꽃 피고 뿌리내린 넝쿨들
엄마의 아이들 호박처럼 잘 익어가고 있는 것이다

흐엉 씨

달동 다문화 가족 센터
망고열매 그렁그렁한 눈빛들
낯선 모래알 더듬거리며 말 뿌리 뻗는다
베트남 신부 흐엉 씨도 그녀만의 모래 속에서
한 자 한 자 말 뿌리 뻗는다

—한국은 언제 왔나요?
—이것은 삼 개월입니다

망고 열매 그렁그렁 웃음보가 터지고
흐엉 씨 귓불에서 모랫둑이 터지고

밤이면 홍하강 붉은 언덕 헤매다
맨발에 묻은 그리움 곱게 일어 아침을 짓는

머지않아 제 몸피만 한 사막 품고
흐엉 씨 여린 귓불에 가을 단풍 들겠다

옥수수 빵

울타리마다 심긴 옥수수는 어린 군병같이 서서
가난한 60년대 아이들을 지켜주었다
용주골 고개 넘어오는 버스 기다려 학교 가는 길
흙먼지 길을 달리면 미루나무도 고물 버스도 출렁거리고
옥수수 알같이 쏟아져 나온 아이들 버스 바닥을 뒹굴었다
노랗게 밤을 지새운 달맞이꽃 지나
푸른 비로드 포플러 나무숲엔 고아원이 있다
엄마 잃고 빈 옥수숫대 같은 아이들
저보다 긴 가방 끌며 학교를 다니고
그중 단발머리 숙희도 있었다
숙희가 가진 건 모두 빛바랜 구제품
흙냄새 나는 교실엔 구제품 같은 아이들로 넘쳐났다
해 질 때까지 나무 걸상을 삐걱대며 아무 근심을 모르고
점심엔 옥수숫대처럼 서서 옥수수 빵을 배급받아 먹었다
노릇노릇한 빵이 어디서 왔는지 아이들은 수줍게 잘 받아먹었다
전쟁을 모르는 아이들 가끔 엄한 반공방첩 교육을 받았다

발목을 비틀고 오줌을 지리고 뜨거운 볕 아래 혼절하던 아이들
옥수수 빵을 받아먹고도 흙먼지를 받아먹고도 쑥쑥 크던 아이들
흑백 사진첩 속에서 알알이 쏟아져 나온다

칸나

칸나가 핀다
뭉클뭉클 솟구치는 핏덩이같이

칸나를 처음 본 건 작은댁 할머니 초가 마당
칸나 말고도 백합 맨드라미 산나리 봉숭아 채송화가
그득했다
양복 재단을 배우던 당숙은 줄리앙
골방 여닫이문을 열면 오래된 소설책이 쌓여 있었다
그곳을 드나들며 소설을 읽던 나도 칸나가 되어갔다

백합 빛 저고리를 입은 당고모들도 있었으나 폐결핵으로 죽어갔다
가끔 뒤곁으로 나가 흰 수건을 둘러쓴 할머니
칸나보다 더 붉은 울음을 울었다
나의 방문이 뜸해질 무렵 당숙도 작은댁 할머니도 보이지 않았다
마루 밑 넋 나간 고무신 한 켤레와 칸나만을 놔두고
당숙의 아메리칸드림을 따라 먼 이국으로 날아간 것이다

몇 번인가 서럽게 묻어둔 칸나를 보러 나왔지만
이국의 묘지에서 영영 나오지 못했다

칸나가 핀다
뭉클뭉클 솟구치는 그리움같이

변비

하늘 구멍이 꽉 막혀 가뭄인 한때
비라도 내리면 얼마나 유쾌한 일인가

변기를 깔고 앉아 벌써 몇십 분
애 터지게 힘을 주어도 나오지 않는

볼펜 똥이라도 떨어지길 기다렸으나
백지만 남발하는 이 항문의 뒤끝

이 묵직하고도 아득한 사유를
헤매다 겨우 떨어지는 똥 덩어리

입 큰 변기가 똑똑 받아 적는다
저린 오금 사이로 하늘이 노랬다

재채기

수화기 너머 그녀가 김장 고추를 말린다
한 줌 한 줌 따다 말린 고추는 그녀의 붉은 눈물

잘 말린 눈물은 사각사각 가랑잎 소리가
시큼하게 곯아진 눈물엔 신음소리가 새어 난다

오래된 그녀의 남편 귓속에서 곰팡이 꽃으로 핀다
귓밥처럼 파내어도 쫓아오는 곰팡이 꽃

고랑에 기대어 젖을 물리던 아이들도 쫓아온다
아이들은 그녀가 함부로 열 수 없는 서랍 속에 산다

수화기 너머 그녀가 재채기한다
느슨한 가을 지평선이 당겨온다

매운 가루 한 줌 쥐여준 그녀의 생이 당겨온다

이 꽃봉

황매화 피는 아침

외동이 데리고 예배당에 오는 그녀

긴 머리 꽃봉오리처럼 묶고 식당 봉사부터 시작하는

온기 없는 부엌

매운 양파 썰고 새파랗게 나물 데치고 참깨 솔솔 뿌려

애찬을 준비하는

분주한 애찬이 끝나고도 구정물에 먼저 손 담그는

잔반 묻은 접시 제 허물인 양 힘주어 닦아내는

긴 허리 불평을 모르는

도수 높은 안경 편안한 곳 찾지 않는

발개진 손등마저 그녀가 한 일 셈하지 않는

그런 그녀 옆에 있으면 마음이 맑아지는

활짝 핀 꽃송이보다 눈물과 오래 참음으로 맺혀 있는

꽃봉오리가 더 귀한 예배당

호호 할머니가 되어도 매양 꽃봉오리인 그녀

군화가 있는 풍경

문간에 군화 한 켤레 놓이기까지
백일홍 다 지고
서리는 소금꽃으로 내려야 했단다

너는 깊은 산중 충성의 광을 내기까지
한 획의 계급을 달기까지
절여진 풀잎이었을 게다

잠시 네 등짐으로 끌고 온 낮과 밤
온 핏줄 달달하게 돌고 있을 때
먹구름 한 켤레
늦가을 짧은 햇살 지우고 있구나

아들아
언젠가 네 게임 속을 엿보던 스타크래프트
너는 푸른 전사로 떠나려 하는데
그렇게
우리
물컹한 생의 한쪽 베어내고 있구나

비대면의 한낮을 사다

흔들의자를 샀다

그대 품에 흔들려
동백꽃
툭 툭
떨어지는 외따로운 길
그 어디쯤
데려다줄 것 같은

흔들의자를 샀다

아르보 페르트의 거울 속의 거울로
스며드는 적요
에스토니아 근세 어디쯤
그 어디쯤으로
홀연히
내 영혼 데려다줄 것 같은

그런 늘임표 속의 흑점을
그런 비대면의 한낮을 샀다

작품 해설

기억의 터널에서 건져 올린 것

전기철 | 문학평론가

1

『구약성서』 속 소돔을 빠져나가는 롯은 뒤를 돌아보지 말라는 '말씀'을 어기고 뒤돌아보아 아내를 잃고 만다. 그리고 오르페우스는 독사에 물려 죽은 아내를 구하기 위해 지하세계로 가 아내를 데리고 나오다가 뒤돌아보지 말라는 금기를 어겨 아내를 재생할 수 없는 나락에 떨어지게 한다. 이는 우리의 망부석 전설에도 나온다. 모든 신화나 전설에서는 뒤돌아보는 걸 경계한다. 거기에는 죽음이 있고 불행이 있다. 죽은 자를 깨우는 뒤돌아봄은 반드시 대가를 치러야 한다. 죽은 자는 다른 세계에 살기 때문이다. 하지만 인간은 뒤돌아본다. 신화에서처럼 실제의 행위로서 뒤돌아보기보다는 의식으로 뒤돌아본다. 그래서 존 바스는 『연초 도매상』에서 "당신의 '기억'은 당신의 신분증명서 구실을 하죠. 그렇지 않나요? 그것은 정체성의 집이자 영혼의 거주지죠!"라고 했다. '나'를 보다 잘 알기 위하여, 그리고 '나'를 나이게 하는 것들을 찾기 위하여 인간은 의식 속에서 돌아본다. 그것은 지나간 시간을 거스르는 게 아니다. 오히려 기억을 잃으면 자신을 잃은 것과 같다. 우리는 기억하기 위해서 언어를 사용하고, 역사를 써내려간다. 기억은 우리의 정체성의 표현이다. 되돌아봄은 위험하지만, 그곳이 곧 본래의 내가 있기에 뒤돌아보지 않을 수 없다. 그 뒤돌아봄은 하나의 형식, 언어를 통해서 오히려 해원(解冤)이 된다.

인간은 반드시 뒤돌아본다. 시간의 존재이기 때문이다. 우리는 시간 속에서 낡아가고 무너진다. 기다려주지 않는 시간 속 존재인 인간은 그 낡아 무너짐에 저항하여 자신의 내적 정체성을 세우기 위해 안간힘을 쓴다. 그는 제 가슴속에 자리 잡은 것들이 더 이상 무너지기 전에 그것들을 하나씩 호명하고 싶어 한다. 그는 사물들이 무너지기 전에 이미 자신이 무너지고 있는 걸 두려워하는 것이다. 사물보다 먼저 자신이 무너지고 있다는 의식, 이는 어쩌면 자신의 시간에 대한 조급함일 수도 있다. 구명자 시인이 바로 그런 듯하다. 기억 속 사물들이 자신을 기다리고 있다는 생각을 그는 멈출 수 없다. 그래서 그는 언어를 통해서 뒤돌아본다.

골목은 아늑한 기억의 터널로 깊다
흰 털 강아지 여인에게 안긴다
나붓나붓 맴도는 가슴 봄 아지랑이 흔들린다
골목은 여인의 기다림으로 낡아간다

> 아이들 떠난 빈 담장
> 무화과나무 새파랗게 젖꼭지 물리고 서 있다
> …(중략)…
> 흰 털 강아지 나붓나붓 맴도는 가슴
> 눈부셨던 기억의 터널 몇 개 더 무너지고 있다
>
> —「무화과나무 골목」 부분

시인은 더 이상 기억의 터널이 무너지기 전에 '그때'의 나를 하나씩 호명해주고 싶어 한다. 그것들이 곧 나이기 때문이다. 그래서 내가 아이였을 때, 어머니의 젊은 시절, "오래된 벽과 벽 사이"에 갇혀 있는 것들이 사라지기 전에, 시인은 자신의 시적 골목으로 "내 안의 봄까지 다 끌고 들어간다". 온기가 아직 남아 있는 기억의 터널 속으로 시인은 그때의 어머니를, 아버지를 시로써 만나러 간다.

> 멀찍이 나를 반기는 또 한 사람 내 어린 날을 나보담도 더 많이 기억하는 느티나무 당신의 그리움처럼 무성합니다 그 빛 문을 여니 유리벽 아버지 꽁꽁 접은 관절을 폅니다 자박자박 온기가 흐르고 어머니 어깨에 밀린 잠이 무겁습니다
>
> —「어머니의 시편」 부분

시인은 「시편」 78편 39절의 "그들은 육체이며 가고 다시 돌아오지 못하는 바람임을 기억하셨음"의 안타까움을 통해 기억 속 온기를 되살리려고 한다. 따라서 시인은 기억 속 따뜻함을 통해 주체의 오늘을 살아낼 힘을 얻고자 한다. 그러면 다음에

서 구명자 시인이 시집을 통해서 되살리려 한 온기 하나하나를 점호해 정리해보기로 하자.

2

과거의 철학이 시간 중심으로 이루어졌다면 오늘날의 철학은 장소, 그것도 땅을 중심으로 이루어진다. 땅은 그 성질이 두텁고 따뜻하다. 땅은 한 존재자의 몸과 마음을 이루는 장소이다. 생명체는 이 땅으로 왔다가 이 땅에 묻힌다. 공간, 장소는 자아가 모이는 곳이다. '장소'는 주체가 자신에게 돌아올 수 있는 가능성을 제공한다고 레비나스는 말했다. 모든 생명체는 장소에서 자신의 정체성을 발견하고, 인격과 성격을 발견한다. 장소는 곧 땅이다. 그리고 땅에서 가장 핵심이 되는 곳이 집이다. 생명체는 집을 통해 '나'라고 하는 정체성이 형성되며, 그 집을 중심으로 길, 골목을 통해 사회로 뻗어나간다. 그러므로 '나'를 찾기 위해서는 집을 찾아야 한다. 내가 살았던 집, 그리고 나보다 먼저 그 집에서 살았던 사람들을 찾아가는 일은 기억을 더듬는 이에게는 필연적이다. 그 집을 감싸고 있는 땅에서 자라는 꽃이며, 지붕 위를 나는 새, 그리고 사람들을 하나하나 점호하는 일이, 기억을 되살려 주체의 비밀을 더듬으려는 시인에게는 당연하다.

> 내 젖니를 묻은 기지촌엔 겨울 초입부터 눈이 쌓여 고름처럼 녹아 흐르다 빙판이 되는 그런 길 위에 언니들이 살았

다 달빛같이 살았다 시린 어금니 사이로 껌을 질겅거리며
미군들을 껴안고 어둑한 셋방을 들락거렸다

—「치통이 있는 겨울」 부분

땅은 씨앗들의 아늑한 자궁 봉긋이 북을 돋아 고추, 가지 모종을 열 맞추어 심다 여린 발목은 제 몫의 땅에서 수없이 발돋움할 것이다 땅은 그런 자의 것 이식된 발목 사이로 물을 축여주니 초여름 아버지 살 냄새가 나다 지독히 가뭄 들던 참외밭 떡잎으로 돌아온 아버지 등목이 보이다 엄마가 연신 바가지로 물세례를 주면 푸드덕 푸드덕 청 말이 되는 아버지

—「등목」 부분

칸나를 처음 본 건 작은댁 할머니 초가 마당
칸나 말고도 백합 맨드라미 산나리 봉숭아 채송화가
그득했다

—「칸나」 부분

마당, 텃밭, 골목은 기억의 뿌리이며, 상상력의 꼬투리이다. 이 뿌리, 꼬투리를 통해서 부챗살처럼 퍼지고 바람처럼 날아갈 수 있는 꽃과 새, 그리고 사람들을 발견한다. 어머니, 아버지, 그리고 할머니, 할아버지, 당고모, 당숙에서부터 채송화, 민들레, 미나리, 줄제비꽃 들이 기억의 땅에서 줄줄이 끌려나온다.

땅의 기억에서 무엇보다도 먼저 나온 것은 아버지, 어머니이다. 어머니, 아버지는 이 땅에 나를 오게 한 매개이다. 그러므로 나는 기억 속 땅의 주인, 곧 집의 주인인 어머니, 아버지

를 그 땅에서 끌어올린다. 그리고 그들과 함께 아이, 시적 화자가 끌려나온다.

> 내가 동그랗게 아버지라 부르면 나는 당신의 캄캄한 달팽이관 속으로 굴러들어가요 쇠별꽃 쇠똥구리 지천이던 당신의 첫 동네 바람을 밀고 굴렁쇠를 굴리던 소년이 희멀건 낮달과 공전하는 시절이어요
>
> —「녹슨 자전거」 부분

> 얇게 저민 낮달 아래 제비꽃 피네
> 엄마가 좋아하는 보라색 꽃잎이네
>
> —「보라색 꽃잎」 부분

> 콧물 수건 달고 지팡이 쥔 할머니와 입학하는 날 아버지가 양말 짜는 기계를 들여놓았다 오래지 않아 착한 아버지 빚만 더 들여놓고 나일론 실뭉치는 우리들 스웨터가 되고 기계처럼 녹슬어가는 할머니의 근심 오랫동안 앞마당을 뒹굴었다
>
> —「옥비녀」 부분

땅에서 끌려 올라오는 가족사는 시적 화자의 기억으로 생생하고 따뜻하게 다가온다. 아이였을 때의 '나'와 피난민촌에서 살았던 시절이 고구마처럼 끌려 올라오는 것들을 하나하나 점호하며 따뜻하게 끌어안아 거기에 예술성을 부여한다. 그리고 지금은 이 땅에서 보이지 않는 핏줄을 떠올리며 화자는 그들의 부재를 서러워하기보다는 보듬어 안아 위로한다. 그 따뜻하게 보듬는 행위가 곧 시이다. 시 속에서 꽃과 달이 만발하기

도 하고 떠다니고 날아다니는 것도 이런 기억을 치장하기 위함이다.

걷다 잠든 그의 아버지 가난한 무덤에 꽃이 핀다

—「워킹 맨」 부분

엄마는 보라색 꽃잎을 좋아했네
그 빛 울타리에 번지면 어린 닭들 무럭무럭
자유를 쪼았고 김칫국 밴 들창 너머
제비꽃도 수북수북 피어났네
…(중략)…
나는 쪼그리고 앉아 그 빛 오래오래 들여다보네
빈 벌판 홀로 울다 질 엄마를 들여다보네

—「보라색 꽃잎」 부분

노린내 나는 골목엔 순옥이 언니가 참 많이도 살았다

저마다 민들레 꽃잎 숨기고 모지락스럽게 살았다

그래서 봄이면 생살 같은 꽃잎 노랗게 곪고 있는 것이다

—「순옥이 언니」 부분

동백아가씨 흥얼흥얼 양말을 깁고 이불 홑청
하얗게 다듬던 그때 그 불빛 어룽어룽 피고 있다

심어진 곳 어디서나 꽃 피고 뿌리내린 넝쿨들
엄마의 아이들 호박처럼 잘 익어가고 있는 것이다

—「호박꽃」 부분

이 밤

자식들 뒤편만을 껴안고
구부려 잠들었을 우리 엄마

초승달로 뜨네

—「등」 부분

기억은 아픔이 되기 쉽다. 왜냐하면 기억은 우리의 영혼에 상처로 남는 경우가 많기 때문이다. 정신병리상 기억은 상처를 통해서 각인된다. 그러므로 기억은 현재를 병들게 하고 영향을 미치게 하는 경우가 많다. 따라서 기억 속에서 사는 사람은 병적이다. 애정이 깊을수록 부재에 따른 상처 또한 깊다. 현재를 과거의 기억으로 뒤덮을 경우 이런 부재에 따른 상처는 병증을 일으킨다. 기억에 파인 상처를 따뜻함으로 위로하기 위해서는 그 기억을 장엄하게 치장해야 한다. 아픔에서 꽃이 핀다고 했다. 이와 같은 증상을 일으키지 않도록 하기 위해서는 그 상처를 오히려 장엄해야 한다. 꽃이나 새, 달은 이러한 위로의 치장이다. 기억 속 아픈 곳마다 꽃으로 치장하고 달을 띄워 올리며, 새를 날려 보내는 것은 우리의 오랜 전통이다. 장롱에 십장생을 박는다거나 거울을 꽃이나 달로 치장하는 것도 이러한 장엄의 일종이라고 할 수 있다. 기억으로만 다가갈 수 있는 그곳, 부재하는 가족들을 위해, 그들의 영혼을 위해 꽃이나 달로 치장하는 게 위로의 시적 장치이다. 그런데 꽃이나 달, 새는 단순히 치장으로만 피거나 뜨지 않는다. 이들은 어머니나 아버지처럼 인고의 과정을 통해서 피거나 뜬다.

이는 곧 기억을 현재화시켜 꽃이나 달로 형상화한 것이라 할 수 있다. "낮달같이 서러운 얼굴"(「구둣방 김 씨」)나 "작은 새처럼 누워 있는 그녀"(「그녀는 작은 새」), "활짝 핀 꽃송이보다 눈물과 오래 참음으로 맺혀 있는"(「이 꽃봉」) 인고와 순결로서의 꽃은 부재하는 이들을 위한 기억의 치장이며 위로이다.

3

가족사를 통해서 주체는 '아이'였을 때로 돌아간다. 아이였을 '그때' 그 시절은 주체를 꿈속으로 끌어들인다. 가족들이 살던 그때를 만날 때 나의 동화 세계가 따라 나온다. 그 세계는 나에게 꿈과 환상을 불러온다. 여기에 이르면 가족사를 넘어 골목의 풍경이 들어온다. 이 풍경에는 동네 사람들이나 보다 객관화된 사회적인 인물들이 끌려 들어온다.

해가 뜨면 칼을 찬 망토 아이들은 골목을 휙휙 날아다니고
어미들은 수돗가에 앉아 힘껏 냄비를 닦고
그런 틈새로 꾸역꾸역 민들레는 피어나고

— 「미나리꽝」 부분

나 어릴 적 뒷골은 피난민 동네라 불렀다
산비탈을 깎아 하꼬방을 지어 그들은 살았다
담배 가게 옆 구둣방 김 씨도
산후풍 아내와 뇌성마비 딸을 거느리고 살았다

— 「구둣방 김 씨」 부분

피리 불며 피리 불며
땟국 흐르는 어린아이로
되돌아가고파

그렇게 살게 하신 하나님
고마워서 서둘러 올라간 하늘

—「천상병 시인」 부분

위 시들에서 보면 골목 풍경이 들어오고, 그 골목에 살았던 사람들이 들어오며, 더 나아가 천상병 시인까지 고구마 줄기처럼 딸려온다. 그리고 급기야 신화적인 삶까지도 나온다.

빙하를 녹여 차를 끓이는 네네츠 엄마
지문이 닳도록 순록 가죽을 벗기고
춤을 지켜내는 네네츠 엄마
타인의 삶이란 얼마나 거룩한 것인가
오방색 네네츠의 태양은 얼마나 찬란한 것인가
외계의 지문처럼 읽히는 사람들

—「네네츠 이야기」 부분

좁고 작은 마을의 골목에서 넓은 세상과 신화로의 확장은 화자가 아이였을 때에서 골목을 벗어나 넓은 세계로 상상력을 확장해 가는 길을 열어준다. 그리고 그 확장은 공간을 넘어 시간의 확장으로까지 이어져 현재의 삶의 공간, 더 나아가 신화의 시대로 간다. 이는 "고래마을" 이야기(「산으로 간 고래」)나 "옥골시장 대왕 곰장어 수족관"(「대왕 곰장어」)을 넘어 예술가들인 콜비츠나 자코메티로 나아가면서 예술적 환상에 이른다.

이렇게 확장해가는 상상력은 기억이 과거에 함몰되어 있지 않고 현재로 이어지며 예술적 창조를 낳는다. 기억이 단순히 주체의 연민에 머무르는 게 아니라 그 연민을 승화하여 창조적 세계로 나아가는 계기가 곧 시이다. 그러므로 구명자 시인에게 기억은 어머니, 아버지, 그리고 골목에서 건져 올린 과거가 아니라 창조적 계기이다. 이는 기억에 머무르는 자위적 행위가 아니라 승화이며 구원이다. 구명자 시인은 기억에서 건져 올린 사람들을 재생시켜 그들의 슬픔이나 아픔을 구원하고 모두 떠난 뒤 혼자 남아버린 자신의 고독을 승화하기 위해 기억에서 딸려 올라온 것들을 시로 재창조한다. 그만큼 그의 시는 유쾌하기보다는 인고의 뒤에 떠오른다. 뒤를 시원하게 해결하지 못한 뒤끝처럼 하늘이 노래질 정도로 기억을 더듬는 주체는 운명적으로 "시의 사냥꾼"(「시, 너에겐」)이다. 하지만 기억 속에서 시는 쉽게 건져 올릴 수 없다. 시는 귀신을 불러내는 것이기 때문이다. "허기는 망망한 관념뿐 너는 머리카락 풀어헤친 메타포를 먹이로 산다는 것 그것도 귀신 시 나락 까먹는 소리 내 속과 겉을 훨훨 날아다니는 너와 난 몬스터 게임 중"(「시, 너에겐」)이다. 하지만 시인은 "너는 나에게서 태어난다는 것"을 안다. 무겁고 위험한 기억은 시라는 승화 장치를 통해서 가능하기 때문이다.

이 묵직하고도 아득한 사유를
헤매다 겨우 떨어지는 똥 덩어리

입 큰 변기가 똑똑 받아 적는다

저린 오금 사이로 하늘이 노랬다

—「변비」 부분

시를 쓰는 일은 인고의 과정이므로 무겁다. 그것은 고통이다. 시는 "한참을 들여다보다/끝내 떠메고 오는 실오라기 한 줄"(「시오라기 한 줄」)이다. 그리고 "키 낮은 꽃들이 푸른 눈 뜨는 곳/발아래 실오라기 한 줄 꿈틀거리"는 걸 발견할 줄 아는 섬세함을 지녀야 시라고 하는 승화와 구원을 얻을 수 있다.

시인은 기억 속의 장소를 따라 걷는다. 거기에서 건져 올린 조·부모님, 그리고 인연들을 하나하나 호명하여 손길을 보낸다. 하지만 그것으로는 의미를 갖지 못한다. 잊힌 이들의 호명이란 위험하다. 귀신을 깨우는 일이기 때문이다. 따라서 그들을 위로하고 재생시키는 오르페우스적인 작업을 함께 하지 않으면 안 된다. 결국 그들을 구원하기 위해서는 위로와 창조적인 작업을 동시에 할 수밖에 없다. 그 작업이 시 창작이다.

4

구명자 시인은 뒤돌아보는 일이 신화 속 인물들처럼 파괴적으로 되지 않도록 기억 속에 함몰되지 않으려고 노력한다. 그것은 인고의 과정을 거치는 일이다. 자신의 어린 시절이 묻어 있는 장소에서 하나하나의 인연들을 호명한다. 그것은 아픔이며 고독을 불러일으킨다. 아버지 등이며, 어머니의 커피, 그리고 할머니의 칸나 등, 그리고 아이들이 어울려 놀던 미나리꽝

등 오래된 것들을 손길로 쓰다듬으며 위로한다. 그 위로는 자신을 향한 것이기도 하다. 흑백사진처럼 오래된 것들을 호명하여 하나하나 깨어나게 하는 일이 곧 애정이다. 하지만 귀신을 깨우는 일은 치명적일 수 있다. 이 치명성을 창조적인 작업으로 바꿈으로써 그들을 위로하고 자신을 보호한다.

그래서 시인은 상상력을 확장하여 보편화의 길, 상징화의 길을 찾는다. 보편화의 길이 현재화, 혹은 신화 속의 기억으로의 확장이라면, 상징화 작업은 창조성의 단계로 끌어올리는 작업이다. 깨어난 귀신을 위로하여 재생시키는 작업이 곧 시 창작이다. 여러 시에 나타나는 무덤과 죽음 이미지, 그리고 꽃은 이런 시인의 작업에서 비롯했다. 또한 그의 시에 하늘을 나는 새나 달 이미지가 많은 것도 이런 이유라고 할 수 있다.